APPEURS
SPIROU
ERNST

LES ZAPPEURS

Sauce Zappeur

Dessin et scénario :

ERNST

Couleurs :
Scarlett Smulkowski
ERNST

DUPUIS

ISBN 2-8001-2440-7
Dépôt légal : mai 1997 — D. 1997/0089/126.

Imprimé en Belgique.

SONS GRAVES
QUESSE TU BRICOLES ?
DANS MON "BRICO-MAC", ILS EXPLIQUENT COMMENT FABRIQUER SOI-MÊME UNE ANTENNE PARABOLIQUE MOTORISÉE. JE LA BRANCHE SUR MON MACINPOSH ET JE CAPTE TOUTES LES ONDES QUI PASSENT AU-DESSUS DE NOS TÊTES.
ET POURQUOI PAS SUR LA TÉLÉ ?
PARCE QUE DANS MON MAC, J'AI UN LOGICIEL QUI DÉCODE TOUTES LES ONDES QUI NOUS ENTOURENT.
AH OUAIIIIIIIIIS !
ET COMME C'EST INTERACTIF, JE PEUX MÊME AVOIR ACCÈS À DES PROGRAMMES ...
...TU VAS VOIR.
MH.
VAS-Y, CHERCHE, MA COCOTTE !
MA COCOTTE ?
JE ME SUIS SERVI D'UN COUVERCLE DE COCOTTE MINUTE POUR BRICOLER L'ANTENNE.
XVI-1
AH! ÇA Y EST ! ON CAPTE QUELQUE CHOSE ... ...ON DIRAIT UN JEU VIDEO SUR INTERNET ! ON EST DANS LE CORPS D'UNE BÊTE, IL FAUT SÛREMENT TUER LES VIRUS QUI PASSENT.
ET PAF ! ET PAF ! ET PAF !
DOUG
DOU-DOUG
DOU-DOUG
DOUG
DOUG
DOUG
DOUG
ERNST

ZAP

ATTENTION, CHEF, LA CAMERA ARRIVE PRÈS DU CŒUR...
OUI, JE FAIS DOUCEMENT.
DOUG DOUG DOUG DOUG
J'ENVOIE LE MISSILE BACTÉRIOLOGIQUE ! PLANQUEZ VOS FESSES, BANDE DE VIRUS.
DOUG DOUG DOUG
KLIK
DOUCEMENT, CHEF, VOUS ALLEZ L'ACHEVER !
AARGH ARGH RLGH ARGH
MAIS JE NE TOUCHE À RIEN, MOI !
OK, PAS DE PANIQUE, LE CAILLOT EST DÉSINTÉGRÉ. BRAVO, CHEF, C'ÉTAIT UN COUP DE MAÎTRE !
DOUG DOUG DOUG ...
??
DOUG DOUG DOUG
TAP TAP TAP TAP
ALLEZ, JE VAIS VOIR AILLEURS...
C'EST RIGOLO, TON BIDULE !
QU'EST-CE QUE C'EST QUE ÇA ? UN CARREFOUR... AH, J'Y SUIS, CE SONT LES CAMERAS DE SURVEILLANCE DU TRAFIC ROUTIER.
TUUUT VROAM TUT TUT
ERNST
ESSAIE DE TOURNER LA CAMERA SUR LA GAUCHE, ON DIRAIT UN PETIT CHAT, SUR LE TOIT, LÀ...
VROUMMM TUT TUT
XVI - 2
ALOOOORS... POUR TOURNER LA CAMERA, À MON AVIS, IL FAUT FAIRE ÇA !
TUT TUT TUT
KLIK
BEN ?! POURQUOI L'ÉCRAN DEVIENT NOIR ?
QUI A ÉTEINT LES FEUX ?

KLINK
KLANG BLONK
BALANG
ON A TOUJOURS LE SON : ELLE FAIT UN DRÔLE DE BRUIT, CETTE CAMÉRA, POUR TOURNER...
... A' MON AVIS, IL LUI MANQUE UNE GOUTTE D'HUILE.
BON, JE VAIS CHERCHER AUTRE CHOSE...
OUAIS.
?
AH OUAIIIIS, REGARDE, ON EST DANS LA MER.
CE DOIT ÊTRE UN SIMULATEUR DE NAVIGATION.
OU BIEN ON EST PEUT-ÊTRE DANS LE BATHYSCAPHE DU COMMANDANT COUSTEAU ?
BLOUG BLOUG BLOUG BLOUG
PEUT-ÊTRE ...
ON VA REMONTER A' LA SURFACE, POUR VOIR ! ALOOOORS, POUR REMONTER A' LA SURFACE, JE PENSE QU'IL FAUT FAIRE CECI !
T'ES SÛR ?
KLIK
QUI A TIRÉ LE MISSILE "MER-TERRE" ?
PERSONNE ! JE NE COMPRENDS PAS, MON COMMANDANT.
OH, REGARDE, ON VOIT LE SOL, MAINTENANT !
IL S'APPROCHE DE PLUS EN PLUS VITE.
C'EST QUOI, CE SIFFLEMENT ?
XVI-3
EH, ON VOIT NOTRE MAISON DE PLUS EN PLUS PRÈS !
ET ON ENTEND DE PLUS EN PLUS LE SIFFLEMENT, C'EST NORMAL, ÇA ?
ERNST
BADUM
IL EST NAZBROQUE, CE PROGRAMME !
FIN
FIN

... ET DÈS QUE LA TÉLÉ TOMBE EN PANNE, J'AI LE CAFARD...
Radio
SOLITAIRE
MONOPOLY
BONBONS
AIR Jordan

LA FEMME à BARBE
SENSATIONNEL
INOUI
DU JAMAIS VU!
UN PEU RINGARD, LEURS ATTRACTIONS !
OUAIS.
TANTE IRÈNE AURAIT BIEN FAIT L'AFFAIRE.
CHUT
OH, PAPA, ON VA VOIR CELLE-LÀ ?
AH, POURQUOI PAS ?
TIENS ?
?
...ET IL Y A LONGTEMPS QUE TU ES COMME ÇA ?
DEPUIS LA NAISSANCE.
TU NE SOUFFRES PAS ?
NON.
TU PARVIENS À VIVRE NORMALEMENT ?
OUI.
Y EN A BEAUCOUP QUI SONT COMME TOI ?
NON, JE SUIS LE SEUL.
TU AS DES AMIS ?
OUI.
ON PEUT TE TOUCHER ?
L'ENFANT SANS TÉLÉ
CETTE ATTRACTION M'A ÉPATÉ !
OUAIS ! C'EST INCROYABLE !
J'IGNORAIS QUE CELA EXISTAIT ENCORE.
DINGUE !
ERNST 204

...UNE QUATORZIÈME BOÎTE DE NUIT VIENT DE S'OUVRIR SUR L'ÎLE DE PÂQUES...
C'EST HONTEUX DE LAISSER FAIRE UNE CHOSE PAREILLE !
QU'EST-CE QUE TU VEUX ? IL FAUT BIEN QUE LES JEUNES DE LÀ-BAS S'AMUSENT AUSSI.
...UN PARTICIPANT DU RALLYE PARIS-DAKAR A HEURTÉ UN PETIT SÉNÉGALAIS DE SEPT ANS QUI EST MORT CE MATIN À L'HÔPITAL...
QUAND ARRÊTERONT-ILS CES COURSES STUPIDES ?
TU VEUX SUPPRIMER UNE INSTITUTION SPORTIVE ?! TU RÊVES OU QUOI ?
TOK TOK
...ON COMPTE 850 "S.D.F." DE PLUS, RIEN QUE POUR LA VILLE DE PARIS.
QUELLE TRISTESSE !
TU SAIS, TANT QUE L'ÉCONOMIE NE REPRENDRA PAS...
AU BANGLADESH, DE NOUVELLES INONDATIONS ONT PROVOQUÉ LA MORT DE PLUS DE 5000 PERSONNES...
QUEL MALHEUR ! L'AIDE HUMANITAIRE DEVRAIT INTERVENIR.
PFU ! L'AIDE HUMANITAIRE NE POURRA RIEN, LE PROBLÈME EST POLITIQUE AVANT TOUT.
...IMMENSE TREMBLEMENT DE TERRE EN CHINE, ON DÉNOMBRE ACTUELLEMENT PLUS DE 20000 VICTIMES...
QUELLE HORREUR !
QU'EST-CE QUE TU VEUX QU'ON FASSE ? C'EST LE DESTIN !
ERNST 205
...LE GOUVERNEMENT ANNONCE LE BLOCAGE DES SALAIRES POUR SIX MOIS...
QUOI ?!
?
IL FAUT MOBILISER LES SYNDICATS DÈS CE SOIR !
MONTER À PARIS !
IMPRIMER DES TRACTS !
PRENDRE UN RENDEZ-VOUS AVEC LE PREMIER MINISTRE !
LANCER UN PRÉAVIS DE GRÈVE !
ALERTER LA PRESSE !

ZAP

QUELLE HEURE EST-IL ?
8.40 h. POURQUOI ?
JE VAIS RATER LA MÉTÉO !
ZUT, ELLE EST TERMINÉE ! VITE, SUR LA DEUX ...
ZAP
PUBLICITÉ
AH... BIEN.
... APRÈS LES BRUMES MATINALES, LE SOLEIL FERA SON APPARITION...
DEMAIN
VOYONS SUR CANAL...
... SOLEIL SUR LA MAJORITÉ DE L'HEXAGONE...
ZAP
VÉRIFIONS SI ÇA CORRESPOND AVEC LA "6" ...
... TOUT LE PAYS BÉNÉFICIERA D'UN SOLEIL RADIEUX.
CHÉRI, LE DÎNER EST FROID.
ZAP
UN PETIT COUP SUR LA 3, POUR VOIR...
... BEAU TEMPS POUR TOUTE LA JOURNÉE DE DEM...
ZAP
ERNST 206
C'EST DIT : DEMAIN, J'EMMÈNE LE PARAPLUIE !

RENTRE, CHÉRI, IL PLEUT !
PSCHIII
TAP TAP
PLIK PLIK PLIK
PLOK
PLIK
PLOK
PLIK
ERNST 203

DÈS AUJOURD'HUI, SOUSCRIVEZ AU "PIRE" : PLAN INVESTISSEMENT RETRAITE EPARGNE.
... VOUS VERSEZ 20 000 F MAINTENANT ET DANS 30 ANS, VOUS RÉCUPÉREZ : 45 000 000 F !
VOUS SEREZ MULTI-MILLIONNAIRE À LA RETRAITE !
TÉLÉPHONEZ TOUT DE SUITE AU 05 13 13 13 (Appel gratuit)
PIRE
NOUS DEVRIONS PEUT-ÊTRE DÉJÀ Y PENSER DÈS MAINTENANT ! ...
C'EST UNE AUBAINE À NE PAS MANQUER !
TÉLÉPHONE TOUJOURS, ON VERRA BIEN.
Le lendemain...
AVEC LE P.I.R.E. ATTENDEZ-VOUS AU MEILLEUR !
ET PUISQUE NOUS SOMMES D'ACCORD, VOUS SIGNEZ LÀ TOUS LES DEUX.
... ET SI VOUS POUVEZ SIGNER CE CHÈQUE PAR LA MÊME OCCASION, VOUS BÉNÉFICIEZ DES GARANTIES DÈS AUJOURD'HUI...
AU REVOIR, ET ENCORE BRAVO POUR VOTRE CHOIX JUDICIEUX !
Le soir...
JE ME SENS APAISÉ.
OUI.
ERNST 210
ON VOUS ÉCOUTE, MADAME IRMA...
... DANS MA BOULE DE CRISTAL, JE VOIS UN ÉNORME CATACLYSME L'ANNÉE PROCHAINE...
JE VEUX RÉCUPÉRER MON CHÈQUE IMMÉDIATEMENT !
?

...et voici notre nouveau jeu :
"SUIS-JE BÊTE ?"
Pour 500 F : combien d'animaux de chaque espèce Moïse a-t-il emmenés dans son arche ?
QUESTION N° 1
FACILE, DEUX !
BIEEEEN ! TU CONNAIS TES CLASSIQUES !
Deuxième question, pour 1 000 F : en Arabie Saoudite où la bigamie est tolérée, est-il possible qu'un homme épouse la sœur de sa veuve ?
BEN OUI, PUISQUE C'EST UNE FEMME !
... ET QU'ILS PEUVENT ÉPOUSER PLUSIEURS FEMMES, LÀ-BAS !
C'EST N'IMPORTE QUOI, LEURS QUESTIONS.
Attention, pour 2 000 F, troisième question : une femme donne 50 F à deux aveugles. La femme est la sœur des deux aveugles. Pourtant, les deux aveugles ne sont pas les frères de cette femme. Comment cela se peut-il ?
LES COUSINS ?
LES DEMI-FRÈRES ?
LES ONCLES ?
?
AH, J'Y SUIS ! LA FEMME EST UNE BONNE SŒUR ET LES DEUX AVEUGLES SONT DES MOINES !
J'AI GAGNÉ 2000 F !
MOI, CH'SUIS COMME EUX, JE NE VOIS PAS.
XVII - 1
Question n° 4 pour 4 000 F : un éleveur breton possède 25 porcs. Atteints de la peste porcine, ils meurent tous sauf 8. Combien reste-t-il de porcs ?
25 - 8 = 17
ÉLÉMENTAIRE.
TAP TAP
TAP TAP
ERNST
OUAIS, MOI AUSSI, J'AI 17.
L'AIR DE RIEN, ÇA NOUS FAIT 7500 F DE GAGNÉ, ÇA !
ZAP

5 000 F si vous répondez correctement à cette cinquième question : un archéologue affirme avoir trouvé des pièces de bronze à l'effigie de César et portant la date "50 avant Jésus-Christ". Est-ce possible ?
BEN OUAIS, ON A BIEN DÉJÀ DES PIÈCES COMMÉMORATIVES DES JEUX OLYMPIQUES QUI VONT SE DÉROULER DANS TROIS MOIS.
LOGIQUE.
12 500 F
Pour 6 000 F, sixième question : un gardien de nuit meurt le jour sur son lieu de travail. Peut-il toucher une pension ?
BIEN SÛR, CETTE QUESTION !
C'EST PAS PARCE QU'IL TRAVAILLE LA NUIT QU'IL N'A PAS DROIT AUX MÊMES AVANTAGES QUE CEUX QUI TRAVAILLENT LE JOUR.
BIEN DIT !
ON EST FORTS.
Dernière question pour 10 000 F : combien y a-t-il de mois comptant au moins 28 jours, sachant que certains en font 30 ou 31 ?
UN SEUL !
...ET ON PEUT MÊME VOUS DIRE QUE C'EST LE MOIS DE FÉVRIER !
HA HA !
Tapotez vos réponses sur Minitel, 36 15 code E=mc2, vous recevrez les résultats et votre prix dans une huitaine de jours...
ON VA ÊTRE RICHES.
OUIIIIII...
E=mc2
MAMAN, ON A JOUÉ À UN JEU TÉLÉVISÉ, ET AVEC CE QU'ON VA GAGNER, ON VA POUVOIR FAIRE LE TOUR DU MONDE !
?
ERNST XVII - 2
Une semaine plus tard...
TU ES SÛR QUE TU VEUX FAIRE LE TOUR DU MONDE AVEC ÇA ?...
?
UH !
Monsieur,
Voici votre cadeau, nous espérons qu'il vous plaira. Vous trouverez ci-dessous les bonnes réponses au questionnaire de notre jeu : "Suis-je Bête ?" :
1 - Moïse n'était pas né mais Noé, lui, était bien là pour le coup de l'arche.
2 - Pensez-vous que cette sœur puisse vraiment épouser un mort ?
3 - Les deux aveugles ne sont pas les frères mais les sœurs de cette femme.
4 - Il en reste 8 !
5 - Pensez-vous que César soit devin et ait deviné la venue du Christ 50 ans plus tard ?
6 - Prévoir un cercueil à roulettes pour lui permettre de venir toucher le mandat !
7 - Sauf erreur, il y a bien 12 mois qui comportent au moins 28 jours, non ?
FIN

MONSIEUR BIZALION, POUVEZ-VOUS ME DONNER LA SUPERFICIE DE L'ALBANIE ?
?
EUH... ... 28 738 km²
28 738 km² !
BIEN JOUÉ, MONSIEUR BIZALION !
YEAH !
PAF
POUR 10 000 F. DE PLUS, POUVEZ-VOUS ME DIRE CE QUE SIGNIFIE UNE ANKYLORHINIE ?
LES NARINES QUI SE SOUDENT.
UNE SOUDURE ACCIDENTELLE DES PAROIS DES NARINES.
BRAVO, MONSIEUR BIZALION !
ATTENTION A' CETTE QUESTION : QUELLE EST LA FORMULE CHIMIQUE DE LA RÉACTION PROTOLYTIQUE DE L'IONISATION DE L'EAU ?
$2H_2O \rightleftarrows OH^- + H_3O^+$
$2H_2O \rightleftarrows OH^- + H_3O^+$
VOUS ÊTES TRÈS FORT, MONSIEUR BIZALION ET VOUS GAGNEZ LE SUPER PRIX ...
209
HÉ HO, JUJU, ON VA ARRÊTER CETTE CASSETTE QUE TU REGARDES POUR LA 15e FOIS ! OK ?!
POK
AÏE !
ERNST

ZAP

TÉLÉPHONEZ VITE ET DONNEZ LE NUMÉRO QUI SE TROUVE AU BAS DE L'ÉCRAN...
ALLÔ ?... OUI... C'EST LE 750.5477 OUI... MERCI... OUI... OUI...
Z Z Z
FACILE, CE JEU !
ENFIN UN TRUC QUE JE COMPRENDS A' LA TÉLÉ !
Z Z Z
KLAK
ICI, VOUS DEVEZ NOUS DIRE LA COULEUR DE VOTRE CHOIX POUR L'OBJET DE L'ÉCRAN.
ALLÔ ?... OUI... LE ROUGE. ...OUI.
Z Z
ET HOP, ENCORE GAGNÉ ! ...ENFIN UNE ÉMISSION INTÉRESSANTE POUR LE 3e ÂGE !
HI, HI, JE M'AMUSE.
GLISSE
GLISSE
POK
OUIIIII... ALORS LA'A'A'A'... C'EST LE 872.5489.
DÉCIDÉMENT, IL EST FANTASTIQUE, CE JEU : ON Y GAGNE TOUT LE TEMPS !
HI
HI
HI
HI
HI
TIP
TIP
TIP
211
LA SEMAINE DERNIÈRE, J'AI PARTICIPÉ A' UN BEAU JEU TÉLÉVISÉ. IL SUFFISAIT DE TÉLÉPHONER ET DE RÉPÉTER DES NUMÉROS INSCRITS AU BAS DE L'ÉCRAN...
AH BON ?
DRIIIING
?!
MONSIEUR CASIMIR ZAPPEUR, C'EST BIEN ICI ?
TÉLÉ ACHAT
ERNST

ZAP

JOËL !?
QUELLE SURPRISE !
RAYMOND !
QU'EST-CE QUE TU FAIS LÀ ?
J'ENTRETIENS LES CANALISATIONS ET ÉGOUTS DE LA VILLE...
...TU VEUX VISITER ?
BEN...
OH OUIIII, PAPA, ON Y VA !...
OUIIIII, ON VA VOIR !
ALLONS-Y ... SUIVEZ-MOI !
GRÂCE AU SYSTÈME DE VANNES, ON PEUT CONTRÔLER TOUT DÉBIT D'EAU ANORMAL DÛ À UNE PLUIE SUBITE, UN BARRAGE QU'ON OUVRE OU...
ATTENTION, LE DÉBIT AUGMENTE !
VITE, PAR ICI !
IL FAUT SORTIR D'URGENCE !
212
ON L'A ÉCHAPPÉ BELLE !
JE NE COMPRENDS PAS, IL N'Y AVAIT AUCUNE ALERTE ET LA MÉTÉO ÉTAIT BONNE.
AH, J'Y SUIS : C'EST FRANCE-BELGIQUE SUR CANAL ET C'EST LA MI-TEMPS ; TOUTES LES CHASSES D'EAU FONCTIONNENT EN MÊME TEMPS !
?!
!??
!?
ERNST

ÉCOUTE, PAPY, POUR LA DERNIÈRE FOIS, JE T'EXPLIQUE : ...
... CECI, ÇA VEUT DIRE QUE C'EST EN DIRECT...
... CE CHIFFRE, C'EST LE NUMÉRO DE LA CHAÎNE...
... CE LOGO, C'EST PARCE QUE LE SOUS-TITRAGE EST FAIT PAR "ANTIOPE" ...
... CE SIGNE-LÀ INDIQUE QUE C'EST UN PROGRAMME "TOUT PUBLIC" ...
... EN BAS, C'EST LE RÉSULTAT ACTUEL DU FOOT QUI SE JOUE PENDANT TON PROGRAMME !
LIVE
PSG - OM : 2 - 1
MAIS POUR VOIR MON FILM, JE REGARDE **OÙ ?**
228
ERNST

ZAP

GRÂCE À CES ANTENNES RÉVOLUTIONNAIRES, VOUS POURREZ CAPTER DES CHAÎNES À THÈME. LE CYCLISME, LA MÉTÉO ...
NON MONSIEUR, CE N'EST PAS UNE ANTENNE, C'EST UNE ENSEIGNE AU NÉON !
!
?
ERNST
229

ZAP

PAS DE COURSE
QU'EST-CE QU...
C'EST ROMAIN QUI M'A PRÊTÉ SA NOUVELLE CONSOLE VIDÉO AVEC SON NOUVEAU JEU : "COURSE MORTELLE"
FAIS VOIR ?
C'EST PARTI !
VROAAAA
CHOUETTE.
VROOOOOOO
HOLA ! DOUCEMENT !
ZOU
HOP, À GAUCHE !
À TA PLACE, J'IRAIS PLUTÔT À DROITE.
PAS DE PANIQUE : JE ME DÉBROUILLE BIEN !
JE FONCE !
ATTENTION AU FOSSÉ !
NOOOON, REDRESSE !
MAIS ?
ON VA SE PLANTER !
LÂCHE CE VOLANT !
KRAK
MRT MRT MRT MRT MRT MRT MRT MRT MRT MRT MRT MRT, ON LUI A CASSÉ SA CONSOLE !
TU LUI AS CASSÉ SA CONSOLE ! ... QU'EST-CE QU'ON VA FAIRE, MAINTENANT ?
"QUI CASSE PAIE" : ON VA LUI EN CHERCHER UNE AUTRE !
ZAP

VITE, AVANT QUE LE MAGASIN NE FERME !
2 ZAP 100
HÉ... HO... DOUCEMENT ! ... NON, C'EST À GAUCHE !
PAS DE PANIQUE.
REDREEEEESSE !
ON VA SE PLANTER !
MAIS ?!
JEUX VIDEO
BLING
?!
2 ZAP 100
JE VOUDRAIS : "COURSE MORTELLE" !
POUR VOUS, CE SERA PLUTÔT : "ADDITION MORTELLE" !
FACTURE
Deux mois plus tard...
SALUT, ROMAIN, ALORS, "COURSE MORTELLE", ÇA ROULE ?
BOF... PAS TERRIBLE. D'AILLEURS, DEPUIS QUE TU ME L'AS RENDU, JE N'Y JOUE PLUS.
FIN
ERNST
XVIII-2

FIN

GÉNiAAAL ! T'AS VU, PAPA? iLS ONT CRÉÉ UNE NOUVELLE CHAÎNE TÉLÉ...
... UNE CHAÎNE ANTi-MOROSiTÉ.
ELLE S'APPELLE "COOL TV"
AH OUI ?
JE ME RÉJOUIS DE VOIR ÇA !
iL NE FAUT PAS LA MANQUER, CE SOiR.
OUAiS.
Le soir...
BiENVENUE SUR "COOL TV", LA CHAÎNE ANTi-MOROSiTÉ.
CE MATiN, LE SOLEiL S'EST LEVÉ DE BONNE HEURE ET A BRiLLÉ DE TOUS SES FEUX POUR NOTRE PLUS GRAND PLAiSiR ...
... LE "TGV" PARiS-BORDEAUX EST ARRiVÉ A' L'HEURE, CE MATiN A' 10 h.43 ... ... ET SUR LE RÉSEAU ROUTiER, ON NE DÉPLORE AUCUN EMBOUTEiLLAGE ...
... GÉRARD, LE PETiT BÉBÉ DE LA PRiNCESSE DE MANVUSSAH SE PORTE BiEN ET A BU LES 20 dl. DE SON BiBERON DE LAiT MATERNiSÉ ...
AHMM
PFUUU.
213
☆◎▥✱✿ DE CHAÎNE ! JE N'AI JAMAiS ÉTÉ AUSSi MOROSE EN REGARDANT LA TÉLÉ !
NUL ! CHANGE DE CHAÎNE !
ZAP
... PRiSE D'OTAGES EN DiRECT AVEC NOTRE ENVOYÉ SPÉCiAL A' MARSEiLLE ...
AH?
NE ZAPPE PLUS.
CHUT!
ERNST

ZAP

TU SAIS QU'IL SERAIT TEMPS QUE NOUS CHANGIONS DE VOITURE...
?
... CRAQUEZ POUR LA NOUVELLE "SAFRIME"... ... UN CHOIX QUE VOUS NE REGRETTEREZ PAS.
AH OUI ! C'EST CELLE-LÀ QU'IL NOUS FAUT !
... LE PREMIER MINISTRE A ANNONCÉ POUR L'AN PROCHAIN UNE AUGMENTATION DES IMPÔTS...
BON... BEN FINALEMENT, JE PRENDRAI PEUT-ÊTRE LA "CLIPO".
... LE PRIX DU GASOIL VA BAISSER DE 0,50 F AU LITRE...
VA POUR LA VERSION DIESEL.
... PARMI LES NOUVELLES MESURES : UNE TAXE SUPPLÉMENTAIRE SUR LES VÉHICULES DE PLUS DE 1300 cc.
TANT PIS ! JE PRENDRAI LA "TINGO".
... ET ENFIN, LA PRIME GOUVERNEMENTALE DE 10 000 F POUR L'ACHAT D'UN VÉHICULE NEUF EST SUPPRIMÉE DEPUIS CE MATIN.
?
PFFFFFFFFFFF...
214
CYCLES
O. Thymique
JE REGRETTE, MONSIEUR, NOUS N'AVONS PAS DE TANDEM À 4 PLACES !
ERNST

ZAP

PUISQUE LA TÉLÉ EST EN RÉPARATION, ON A DÉCIDÉ, JUJU ET MOI, DE VOUS FAIRE NOTRE PROPRE PROGRAMME...
AAAH...
ALLEZ-Y, ZAPPEZ !
'SONT COMIQUES.
HI HI.
ZAP
TOUT D'ABORD, LES INFOS : LA GUERRE FAIT RAGE AU LESOTHO ET AURAIT FAIT PLUS DE 2000 VICTIMES...
...UN AVION S'ÉCRASE EN RUSSIE : PAS DE SURVIVANTS.
...LES RÉSULTATS DU LOTO, IL FALLAIT JOUER LES 1-4-12-24-25-39. NUMÉRO COMPLÉMENTAIRE : LE 7.
AH ZUT, PERDU !
PAF
MAINTENANT, NOUS PASSONS AUX VARIÉTÉS...
AH NON ! ON AVAIT DIT QU'ON FAISAIT UN DÉBAT POLITIQUE !
PAS DU TOUT, ON AVAIT PRÉVU LA CHANSON D'ABORD !
NON. LA POLITIQUE !
LA CHANSON !
LA POLITIQUE !
215
PIMBÊCHE !
MENTEUR !
ESCROC !
VENDUE !
AH... LA TÉLÉ... UN MONDE SANS PITIÉ.
LA GUERRE DES CHAÎNES EST CRUELLE !
ERNST

?
MAIS ?!
CRONCH
CRONCH
CRONCH!
216
MAMAAAN !... ANTHRACITE A MANGÉ LA SOURIS !
SLAP
SLAP
SLAP
SLAP
SLAP
SLAP
AH, TANT MIEUX !
ERNST

ZAP

BONNE RÉSOLUTION
Z Z Z Z
Z Z Z Z Z Z
ALLEZ, LES ENFANTS, IL EST TEMPS D'ALLER AU LIT !...
HM
DÉJÀ
QUOI ?
HM ?
MRT
HEIN ?
A' NOTRE TOUR, MAINTENANT.
GRMLM
AAAHM
Une heure plus tard...
RONFLE
RONFLE
RONFLE
Z Z Z Z Z
BON... ON FERAIT MIEUX D'ALLER AU LIT AUSSI.
QUOI ?... HM. BROM... BROF... OUI... BONNE IDÉE...
TU TE RENDS COMPTE DE LA VIE QU'ON MÈNE ? ON PASSE SES JOURNÉES AFFALÉS DEVANT CETTE TÉLÉ ABRUTISSANTE.
QU'EST-CE QUE TU VEUX Y FAIRE ?
ON DEVRAIT SUPPRIMER LA TÉLÉ.
QUOI ?!
XX-1
ÇA NE T'INQUIÈTE PAS, QUAND TU VOIS LA TÊTE DE TES ENFANTS, LE SOIR ?... ET LEUR TÊTE, LE MATIN ? ET LEURS ÉTUDES QUI EN PÂTISSENT ?
T'AS PEUT-ÊTRE RAISON, DÈS DEMAIN, ON SUPPRIME LA TÉLÉ.
TU ES CHOU.
JE SUIS FIÈRE DE TOI.
A' DEMAIN.
SMAK
KLIK
ERNST
QU'EST-CE QUE J'AI DIT COMME CO RIE, MOI !

SUPPRIMER LA TÉLÉ ...
ZZZZZZZZ
GNiii
GNiii
ON A DIT DEMAIN. PAS AUJOURD'HUI !
CHÉRI ? TU AS UN PROBLÈME ?
ZAP
NON, NON, C'EST RIEN.
GRR
GRMLRGR
GRMLMLR
GR
BOM
BOM
BOM
BOM
Le lendemain...
BIEN DORMI ?
J'AI FAIM !
ET LES ENFANTS, TU LEUR AS ANNONCÉ LA BONNE NOUVELLE ?
OUI, ILS ONT DIT QUE SI ON TENAIT LE COUP TOUS LES DEUX, ILS SUIVRAIENT.
CRONCH
CRONCH
CRONCH
LES MORVEUX.
ERNST

ET COMMENT FAIT-ON POUR SE TENIR AU COURANT DE L'ACTUALITÉ ?...
IL Y A LA RADIO.
CRONCH CRONCH
ÇA Y EST : JE COMPENSE EN MANGEANT. SI JE NE BOUGE PAS, JE VAIS M'ENGOUFFRER LE CONTENU DU FRIGO AVEC LE FRIGO.
SLAP SLAP SLAP
ET SI ON FAISAIT UN JOGGING ?
C'EST PEUT-ÊTRE LA SOLUTION POUR NE PAS PESER DEUX TONNES DANS QUINZE JOURS...
ALLEZ, ON Y VA !
OUFF!
OUFFF!
OUFF!
OUFF!
OUF...
OUF...
... J'IGNORAIS QU'IL ÉTAIT AUSSI DUR D'ARRÊTER LA TÉLÉ !
!
ÇA VOUS INTÉRESSE, CE QUI SE PASSE CHEZ MOI ?
TAP TAP
ÇA VA, ÇA VA, ON A LE DROIT DE SOUFFLER UN PEU, NON ?

TIENS, SALUT, RAYMOND ! N'OUBLIE PAS, CE SOIR, FRANCE-BELGIQUE SUR LA UNE !
MAIS QU'EFFE QUE V'AI DIT ?...
NON MAIS, TU AS VU CE QUE TU LUI AS FAIT A' CE PAUVRE ROBERT !?
IL M'A PROVOQUÉ.
ÇA NE PEUT PAS DURER COMME CELA, IL FAUT SE FAIRE AIDER.
IL EXISTE UN ORGANISME QUI S'OCCUPE DE CE PROBLÈME.
VIENS.
NET WATCHER
C'EST ICI.
Désaccoutumance de la télé
NW
COMMENT VOUS APPELEZ-VOUS ?
RAYMOND ET ISABELLE.
BIENVENUE À NET WATCHER, RAYMOND ET ISABELLE !
?!
?!

PRENEZ CECI, ÇA VA VOUS AIDER...
... DEPUIS QUAND AVEZ-VOUS ARRÊTÉ LE ZAPPING ?
SLIM ZAP
C'EST NOTRE PREMIÈRE JOURNÉE.
FÉLICITATIONS, RAYMOND ET ISABELLE !
ILS SONT MIGNONS.
VOICI VOS DEUX CARTES DE MEMBRES VALABLES UN AN.
QUOI ! 8700 F. ?!
VOUS VERREZ, ÇA LES VAUT RÉELLEMENT, RAYMOND ET ISABELLE !
VIENS ! QUITTONS CETTE SECTE DE FOUS !
?!
DOMMAGE ! ...PEUT-ETRE À UNE AUTRE FOIS, RAYMOND ET ISABELLE ?
'SONT MALADES !
XX-5
ON RENTRE ! JE FAIS JUSTE UN ARRÊT A' LA "FNAK".
UNE TÉLÉ PAR PERSONNE, C'EST PEUT-ÊTRE UN PEU INCONSCIENT, NON ?
ET ARRÊTER LA TÉLÉ, C'EST PAS INCONSCIENT, PEUT-ÊTRE ?
PAPA, QUAND ARRÊTES-TU LES SUCRERIES ?
FIN
ERNST

FIN

CHÉRI, QU'EST-CE QU'ON REGARDE, CE SOIR À LA TÉLÉ ?
TF1 !
BIEN JOUÉ, PAPA !
ENCORE ?!
TF1
2
FRANCE
CANAL+
ERNST 207

ZAP

LA TÉLÉ NOCIVE ?
ERNST 232

ZAP

BONGBE
BONK BOM
BONGELONG
BOM
BONG
POK
WAAAW ! GÉNIAL, PAPA !
JE VOUDRAIS FILMER ÇA POUR "VIDÉ AU GAG" !
TU PEUX LA REFAIRE ?
QU'EST-CE QUE J'AI ENCORE DIT ?...

ZAP

LA FACTURE DE TÉLÉPHONE...
... ATTENTION !
QUOI ?! 18121 F. MAIS C'EST DU VOL !
CE N'EST PAS POSSIBLE ! QUI A PU TÉLÉPHONER AUTANT ?
C'EST TOI, CHÉRIE ?
PAS PLUS QUE D'HABITUDE.
JUJU ?
NINA ?
JUSTE A' NOS COPAINS, POUR NOS DEVOIRS.
SANS PLUS.
PAPY ?
A' QUI VEUX-TU QUE JE TÉLÉPHONE, TOUS MES AMIS SONT MORTS.
?
C'EST QUOI, CE TRUC, LA' ?
AH, ÇA, C'EST UNE TÉLÉCOMMANDE PORTABLE TRÈS PRATIQUE CAR LES CHIFFRES SONT LUMINEUX !
. 218
ÇA NE MARCHE PAS TRÈS BIEN, MAIS CE N'ÉTAIT PAS TRÈS CHER NON PLUS...
... J'AI ACHETÉ ÇA IL Y A DEUX MOIS.
ÇA FAIT DEUX MOIS QU'IL ZAPPE AVEC UN TÉLÉPHONE PORTABLE !
GNIIIIIII
ERNST

ZAP

...
...
...
GRAT
GRAT
...
... ON EN A AUJOURD'HUI LA CERTITUDE : L'HOMME DESCEND DU SINGE !
?
HEIN ? QUOI ?
C'EST N'IMPORTE QUOI, CE QU'ILS RACONTENT À LA TÉLOCHE !
Arrêt
'SONT BARJOS !
219
MAMAN !
GRAT
GRAT
TU VEUX PAS REGARDER ? J'AI UN TRUC QUI ME CHATOUILLE DANS LES CHEVEUX.
BOUGE PAS.
GRAT
GRAT

...NOTRE FICHE BRICOLAGE D'AUJOURD'HUI : COMMENT REMPLACER UNE FENÊTRE...
AH, JE VAIS EN PROFITER POUR REMPLACER CELLE-CI.
... TOUT D'ABORD, DESCELLER L'ANCIENNE FENÊTRE...
HMFFF!
... ENSUITE, IL FAUT PRÉPARER L'ENCADREMENT...
... UTILISEZ POUR CELA UN CIMENT FRAIS...
CEMENT
... LISSEZ SOIGNEUSEMENT TOUS LES BORDS...
... ET MAINTENANT...
ZAP
SAUTEZ!
221
NE T'INQUIÈTE PAS, CHÉRI, NOUS T'AVONS PRIS UNE CHAMBRE SANS FENÊTRE.
ET SANS TÉLÉ!
GNIIIII...
ERNST

DRAGON ZAP
PAR ICI, JE VOUS PRIE...
Dr NIPPO-SUCCION
VOUS DÉSIREZ PLUS DE SUCCÈS, ET POUR CELA, VOUS VOULEZ PROCÉDER A' UN "RELOOKAGE" COMPLET DANS LE STYLE "MANGA".
C'EST CELA ?
OUI.
POURTANT, JE TROUVE QUE VOUS ÊTES UN PERSONNAGE CHARMANT ET ATTACHANT... VOUS ÊTES CERTAIN DE VOULOIR PRENDRE CETTE DÉCISION ?...
BEEEN OUI.
ALORS, ALLONS-Y !
PAS DE REGRET, HM ?
NNNNNON.
TOUT D'ABORD...
... CHANGER...
... LE LOOK...
... VESTIMENTAIRE.
LA', C'EST MIEUX.
MAINTENANT : L'EXPRESSION DU VISAGE. N'AYEZ PAS PEUR, C'EST UN PEU DOULOUREUX, MAIS CE NE SERA PAS LONG.
ERNST
NE BOUGEZ PAS !
CE N'EST QU'UN ÉCARTEUR.
HA 'HAI 'AL !
PATIENCE, C'EST BIENTÔT TERMINÉ.
VOILA'. DITES : "HOU HOU", MAINTENANT !
HOU HOU.
C'EST PARFAIT.
ZAP

ON UTILISE LES MÊMES INSTRUMENTS POUR LES YEUX, ENSUITE CE SERA TERMINÉ.
JE VAIS VOUS DEMANDER DE PRENDRE DES EXPRESSIONS DIFFÉRENTES...
LA TRISTESSE.
SNIF !
LA JOIE.
HA HA !
LA COLÈRE.
GRRRRR...
O.K.
ATTAQUONS LA GESTUELLE : MIMEZ LE GESTE DU ZAPPEUR !
ZAP
NON ! PAS COMME ÇA ! ZAPPEZ COMME SI VOUS DEVIEZ TUER LA TÉLÉ !
ZAP
VOILA', C'ÉTAIT BIEN.
ET ENFIN LA DERNIÈRE PHASE : IL VA FALLOIR INTÉGRER LA VIOLENCE SANGUINAIRE DANS VOTRE SÉRIE...
... UN INGRÉDIENT INCONTOURNABLE DES MANGAS.
HEIN ?
HOÏOOOO !
HÉ ! QU'EST-CE QUE VOUS FAITES ?
XXI-2
AAAAH !
TU T'ES ENDORMI DEVANT "GOLDOKRAK" ET TU T'ES RÉVEILLÉ AVEC LA RECETTE DU HOMARD TRANCHÉ !
... RECETTE NIPPONNE NI MAUVAISE...
FIN
ERNST
FIN

CATASTROPHE !
MRT ! ON N'EST PLUS CÂBLÉS !
MON DIEU, QUE VA-T-ON DEVENIR ?
MAMAN, J'AI PEUR !
VIENS ICI ! !
C'EST DE TA FAUTE, TOUT ÇA !
!
ERNST

NINA ?...
Un train qui roule à 200 km/h
part de Bruxelles à 8 h.
A quelle heure arrivera-t-il
à Paris qui se trouve à 300 km ?
TAP TAP
EUH...
EUGÉNIE ?...
EUH... 9 HEURES ?...
NON !
SIMON ?...
BEN... EUH...
...TARD !?
BON.
GRAT GRAT
PROCÉDONS AUTREMENT...
A' QUELLE HEURE
CES ÉMISSIONS
DÉBUTENT-ELLES ?
- Club Dorlotée
- Les Cimes sonnent
- Laura l'appelle
225
9 h30, 18h10 ET 19h !
L'HEURE
DE LA RETRAITE
A SONNÉ !
ERNST

ZAP

T'AS TROUVÉ LES CÉRÉALES DE LA PUB TÉLÉ ?
NON, MAIS J'AI PRIS UN ASSORTIMENT.
CRUNCHY
PATATS
TUTTI FRUTTI
CHOUETTE, DES NOUVELLES SAVEURS !
GÉNIAL !
CRUNCHY
... AVEC "CRUNCH-CÉRÉALES", TU TE RÉGALES !
MMMMMOUI !
CRONCH
CRUNCH
CROC
CRUNCH
MIAM
CRUNCHY
MMMMH !... C'EST CROUSTILLANT !
CRONCH
CRONCH
HMMM
CROC
CROC
MIAM
CRONCH
CRUNCHY
OH, ZUT ! Y EN A DÉJÀ PLUS !
!
?
CRUNCHY
MAMAN, TU M'AS RAMENÉ CE QUE JE T'AI DEMANDÉ ?
TOUT EST SUR LA TABLE.
J'VOIS PAS.
PATATS
TUTTI FRUTTI
226
MAIS ? GOURMAND ! T'AS MANGÉ LA NOURRITURE DE "CURE-DENT" !
?
CRUNCHY
ERNST
PAUVRE "CURE-DENT", JUJU T'A MANGÉ TES LIMACES SÉCHÉES, TES COLÉOPTÈRES BROYÉS ET TES PERCE-OREILLES ÉCRASÉS !
LE VILAIN !
MBRP..
CRUNCHY

ZAP

TIENS, ON REGARDERAIT BIEN "SUNSHINE", CE SOIR...
BOF ! C'EST "MADAME BUTTERFLY" MAIS EN MOINS BIEN !
AH, IL Y A AUSSI "PROF" SUR LA DEUX !
PFU ! C'EST UNE RE-RE-RE-REDIFFUSION.
J'VEUX PAS RATER LES INFOS...
-GUERRE AU LESOTHO -GRÈVE DE "AIR FRANGE" -AUGMENTATION DU PRIX DE L'ESSENCE. T'APPRENDRAS RIEN DE PLUS.
OH, J'ALLAIS OUBLIER LES NUMÉROS DU LOTO...
JE LES AI RETENUS : IL FALLAIT JOUER LES 5-7-21-22-31-40 ET NUMÉRO COMPLÉMENTAIRE, LE 12.
BON, BEN IL NOUS RESTE LE RESTAU !
ALLEZ-Y VOUS DEUX, NINA ET MOI, ON A DES DEVOIRS À FAIRE !
ALLEZ, BONNE SOIRÉE !
227
PETIT RESTAURANT SYMPA OÙ L'ON N'A JAMAIS DE MAUVAISES SURPRISES, MÊME À L'ADDITION.
PFUUUU !... ÇA N'A PAS ÉTÉ FACILE !
T'ES UN CHEF, JUJU !
ERNST

ZAP

...CÉSAR DU MEILLEUR RÔLE FÉMININ : EMMANUELLE BÉAT !
OH, ELLE A FAIT REFAIRE SON NEZ !
...ET SA BOUCHE, AUSSI ! BONJOUR L'INJECTION DE SILICONE !
...MEILLEURE ACTRICE : CATHERINE DOCCASE !
HA HA ! ELLE, CE SONT LE NEZ, LES POMMETTES ET LE MENTON QUI Y SONT PASSÉS !
THE BIG LIFTING !
PRIX SPÉCIAL DU JURY : SOPHIE MARTEAU !
LÀ, C'EST LA TOTALE : LA PEAU D'ORANGE, LES PATTES D'OIE, LA CULOTTE DE CHEVAL... ET JE PARIE MÊME POUR UNE LIPO SUCCION !
MAIS ?... QU'EST-CE QU'ELLE A, LA TÉLÉ, ELLE VA EXPL...
ZAP
PAF
230
...RIEN DE GRAVE : JUSTE UN PEU DE CHIRURGIE ESTHÉTIQUE : LE NEZ POUR TOI...
...LE FRONT POUR TOI...
...LES POMMETTES POUR VOUS...
...ET POUR VOUS, CE SERA LA TOTALE : AVEC PROBABLEMENT UNE GREFFE FESSIÈRE EN PRIME...
ERNST

ZAP

ET SI C'ÉTAIT SOUS-TITRÉ EN BRAILLE, LES AVEUGLES POURRAIENT REGARDER LA TÉLÉ, NON ?...
JOURNAL DES SOURDS ET DES MALENTENDANTS
ERNST 224

ZAP

Y CHAUFFE PAS, CE FEU !
ERNST 223

ZAP

CENSURE CATHODIQUE

ZAP

AH ! ÇA REVIENT !
FOOT: PSG-O.M. : 2-0.
ATTENDS LA PROCHAINE INFO...
...MINISTRE DE LA JUSTICE INCULPÉ POUR FRAUDE FISCALE...
POF
T'AS RAISON !
ET LÀ, ÇA REPREND...
... MÉTÉO ...
JE ME SUIS FAIT ROULER.
ÇA NE VA PAS SE PASSER COMME ÇA !
?
?
POF
...ET ÇA RÉAGIT AUSSI À NOS HUMEURS !
WEEEAH.
...MAIS ALORS ?!... LA TÉLÉ NE FONCTIONNE QUE SI ON RESTE CALME ET DÉTENDU !...
?
COOL, ÇA !
PAPA, TU PEUX SIGNER NOS BULLETINS ?
XXII-2
AH, CHÉRI, L'ÉLECTRICIEN AVAIT OUBLIÉ DE TE LAISSER SA FACTURE...
DRIIIING...
ERNST
TANTE IRÈNE ! QUELLE BONNE SURPRISE !
FSSHHHHHH
FIN
FIN

RACONTEZ-NOUS, MONSIEUR LACROIX, VOTRE FANTASTIQUE AVENTURE...
...EH BIEN VOILA', J'AI ÉTÉ ENTERRÉ VIVANT ET JE ME SUIS RÉVEILLÉ DANS MON CERCUEIL...
... HEUREUSEMENT, MES CRIS ONT ÉTÉ ENTENDUS, MAIS AVANT ÇA, JE SUIS RESTÉ DES JOURS ENTIERS, SEUL DANS LE NOIR DE MON CERCUEIL...
... C'EST CE QUI A ÉTÉ LE PLUS DUR : L'INCERTITUDE ET L'ANGOISSE... TOUT CELA DANS LE NOIR ABSOLU ET DANS UN SILENCE D'OUTRE-TOMBE...
QUELLE HORREUR !
VOICI LE MODÈLE QUE JE PEUX VOUS PROPOSER MOYENNANT UN PETIT SUPPLÉMENT...
ET VÉRIFIEZ BIEN QUE LE SON PUISSE ÊTRE MONTÉ AU MAXIMUM.
La maison ne fait pas crédit
Didgé tu nous auras tant fait rire
ERNST 231

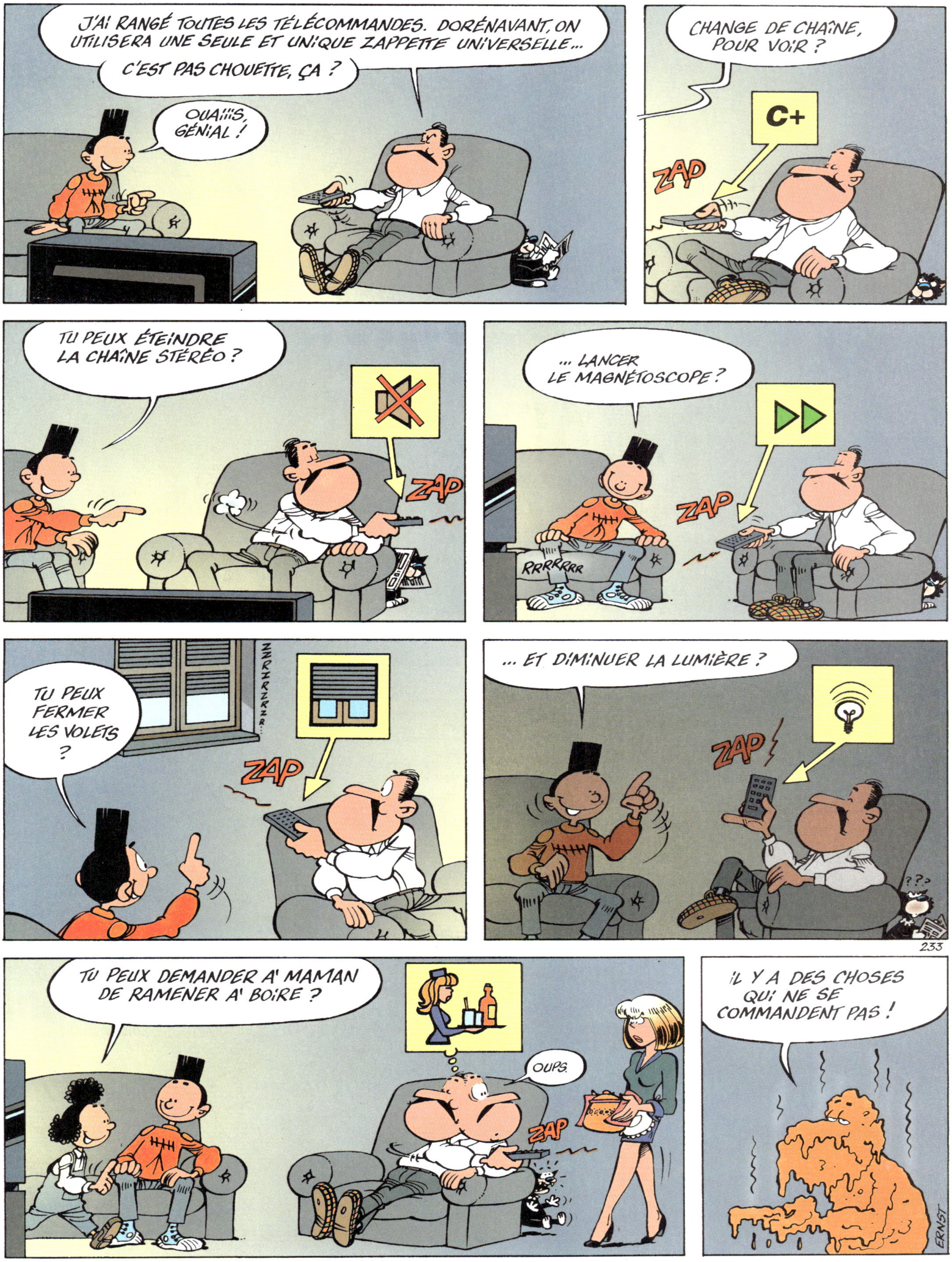
J'AI RANGÉ TOUTES LES TÉLÉCOMMANDES. DORÉNAVANT, ON UTILISERA UNE SEULE ET UNIQUE ZAPPETTE UNIVERSELLE...
C'EST PAS CHOUETTE, ÇA ?
OUAIIIS, GÉNIAL !
CHANGE DE CHAÎNE, POUR VOIR ?
C+
ZAP
TU PEUX ÉTEINDRE LA CHAÎNE STÉRÉO ?
ZAP
... LANCER LE MAGNÉTOSCOPE ?
ZAP
RRRRRRR
TU PEUX FERMER LES VOLETS ?
ZAP
... ET DIMINUER LA LUMIÈRE ?
ZAP
???
233
TU PEUX DEMANDER A' MAMAN DE RAMENER A' BOIRE ?
OUPS.
ZAP
IL Y A DES CHOSES QUI NE SE COMMANDENT PAS !
ERNST

ZAP

BALLONS D'ESSAI
EDITIONS DUPUIS
Phylactères - Doublages
EMBAUCHE
ENTREZ !
ALLEZ-Y, MONTREZ-MOI VOS PHYLACTÈRES...
Je viens pour l'annonce...
C'EST BON, ON VOUS ÉCRIRA.
AU SUIVANT !
BON-JOUR...
HMF
JE PEUX FAIRE DOUCEM...
AU SUIVANT !
C'EST BON !
J'AI VU VOTRE ANNONCE...
ATTENDEZ ATTENDEZ, OÙ SONT VOS BULLES ?
BEN, LÀ...
...JE PARLE COMME ÇA DEPUIS TOUJOURS !
VOUS TROUVEZ ÇA BIZARRE ?
JE SUIS DÉSOLÉ, MAIS IL NOUS FAUT QUELQUE CHOSE DE PLUS CONSISTANT...
...AU SUIV...
Monsieur,
Suite à votre annonce, je me permets de vous présenter ma candidature au poste de synchronisateur agréé bilingue.
Vous trouverez ci-après mon curricul...
DÉSOLÉ, TROP RIGIDE...
TOUT ÇA MANQUE DE VIE !
AU SUIVANT !
Bonjour Mon Cher Monsieur Hi Hi...
EUH...
...POUVEZ-VOUS PARLER DE CHOSES TRISTES...
...DRAMATIQUES ?
HM ?
Bien Sûûûûr Comme Ceci...
...EUH... C'EST PAS MAL, MAIS MALHEUREUSEMENT, VOUS ÊTES AU-DELÀ DE LA TRANCHE D'ÂGE STIPULÉE...
MILLE EXCUSES.
AU SUIVANT !

ZAP

BONJOUR.
AH ?!
ASSEYEZ-VOUS, JE VOUS ÉCOUTE...
J'AI LU VOTRE ANONSSE ALOR JE M'AI DIS QUE VOILA' UN ANDROI OUSSQU'ON M'ANGUAJERÊ PEUTÊT..
BOU HOUUU BOUHOUUUU...
SNIF
AU SUIVAAAANT...
AU SUI-VAAANT! ...
ET VOILA'! Y A PAS DE SUIVANT.
EDITIONS DUPUIS
Phylactères - Doublages
EMBAUCHE
... IL VA ENCORE FALLOIR QUE JE ME TAPE TOUT SEUL LA POST-SYNCHRONISATION...
... FOUTU MÉTIER !
... J'VOUS JURE !
LES ZAPPEURS - PAGE - SPIROU
Nº IXX - B
I'M ZAPPING IN THE RAIN ♫ ♪
ZAPPE SOUS LA PLUIE ♫
ZAP
ERNST
QU'EST-CE QUE C'EST QUE CE DOUBLAGE MINABLE ? ...
AVEC DES BULLES MAL ORIENTÉES !
JE SAIS, MONSIEUR DUPUIS, MAIS IL EST IMPOSSIBLE DE TROUVER DU PERSONNEL QUALIFIÉ.
FIN

ET VOILÀ ! ILS SONT EN GRÈVE ! NOTRE JOURNÉE EST FOUTUE !
LE MONDE EST MAL FAIT !
SOUPIR.
OH ZUT, ON VA ENCORE S'ENNUYER.
ERNST

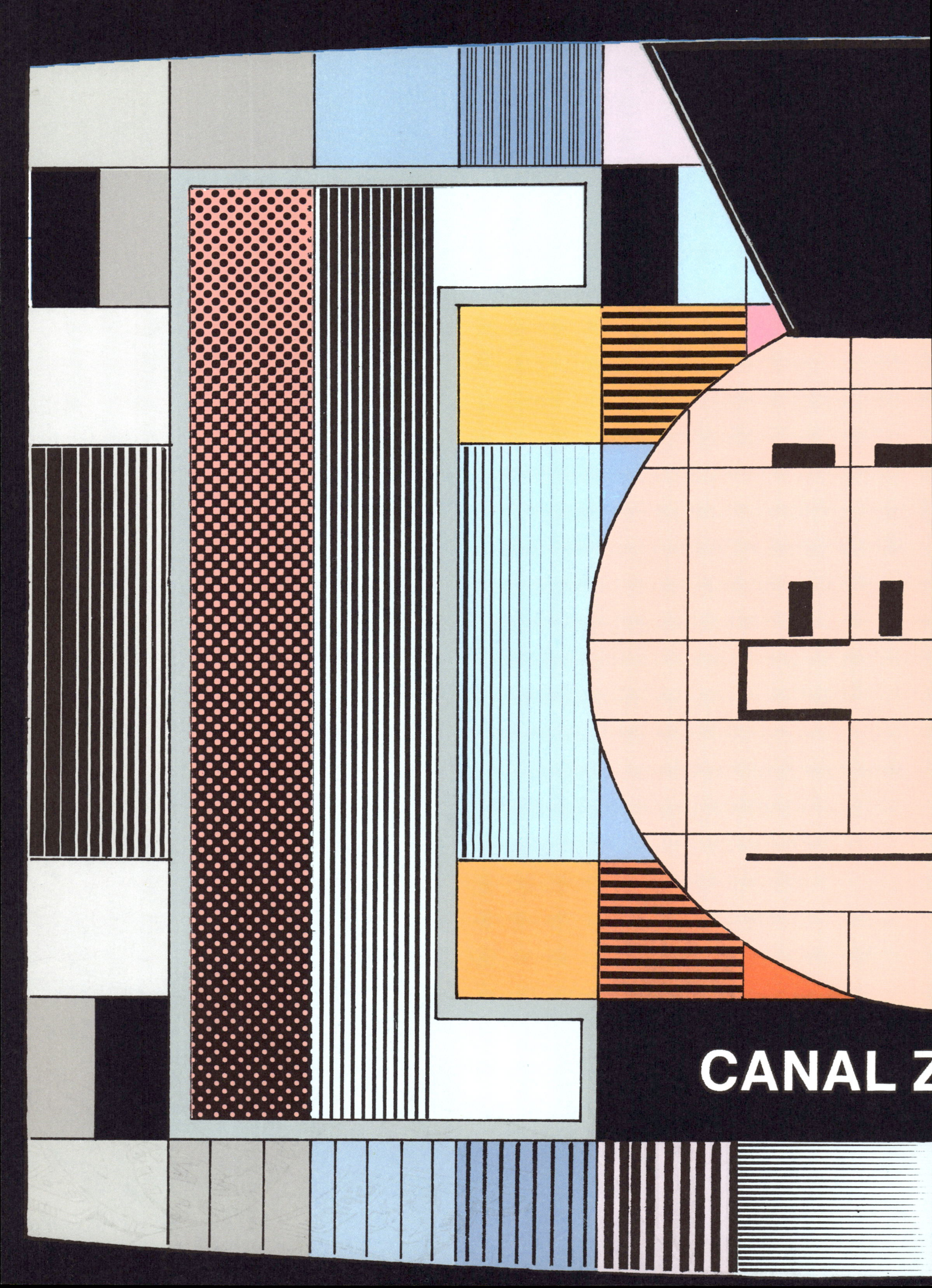
CANAL Z